들국화가 지금 막
피어나려 해

KB089445

대표시를 저자의 낭송으로 들어 보세요!

이 도서에는 저자의 시 낭송으로 연결되는 QR코드가 있습니다. 스마트폰
에서 [네이버] 앱을 다운로드 하여 실행한 후 검색창 옆의 아이콘을 눌러
QR코드를 스캔해 주세요. 시인의 목소리가 새로운 감동을 선사합니다.

초판 발행 2020년 9월 7일

지은이 노영숙
사진 포토그래퍼 민웅기

펴낸이 안창현 **펴낸곳** 코드미디어
북 디자인 Micky Ahn **교정 교열** 최기주
등록 2001년 3월 7일 **등록번호** 제 25100-2001-5호
주소 서울시 은평구 갈현로 318-1 1층
전화 02-6326-1402 **팩스** 02-388-1302
전자우편 codmedia@codmedia.com

ISBN 979-11-89690-34-2 03810

정가 15,000원

이 도서의 국립중앙도서관 출판예정도서목록(CIP)은 서지정보유통지원시스템 홈페이지
(http://seoji.nl.go.kr)와 국가자료종합목록시스템(http://www.nl.go.kr/kolisnet)에서
이용하실 수 있습니다. (CIP제어번호 : CIP2020033966)

들국화가 지금 막 피어나려 해

노영숙 시집

심은 동산에서
저마다의 꽃을
피어내시길 영

싱그러운 풀내음이 그리운 시대 호모 사피엔스 즉, 생각하는 사람이 필요하다 자유로운 정신세계와 행복을 추구하기 위해 더불어 살아가면서 자기 생각을 다듬고 풀잎 위 영롱한 이슬 같은 감수성을 키우는 것은 큰 서사를 품는 너와 나, 우리라는 공동체적 가치이다.

시인은 누구인가?

스스로 삶에 가치와 의미를 만들며 어떻게 지혜를 얻어 살아 갈 것인지를 노래하는 사람이 아닌가. 느끼는 것마다 시가 되고, 만나는 것마다 시가 된다. 그렇다. 시인은 보이는 사물마다 시가 되는 언어의 문을 연다.

풋풋한 향기 나는 시인의 마음이 머무는 곳에는 어디나 시의 강이 흐르고 자유의 깃발이 세워지고 희망의 눈빛이 빛난다. 누군가 말했다. 가장 아름다운 우리 말은 바로 '우리'라고.

시는 언어의 집을 짓고 우리들을 불러 모은다. 삼라만상과 아름다운 관계를 맺게 하고, 사랑과 용서로 손 내미는 법도 가르쳐준다. 어쩌면 누군가 나 몰래 마음 뜰에 뿌려놓은 씨앗들을 품고 노래하기도 한다. 때로는 잊혀진 상처 하나 꽃 같은 시가 되고, 지워버린 웃음 하나 별 같은 노래가 되지 않던가.

우리는 경험과 지식이 다르고, 이해의 깊이와 폭도 다르고, 취향도 다르지만, 한 편의 시를 함께 읽고 공유할 때 공감과 포용의 마당에 들어서게 되리라.

시를 읽는 것은 눈에 보이지 않는 것까지 볼 수 있기에 꿈꾸며 산다는 것이며, 일상의 건조함을 벗어나 가치와 의미 있는 세계를 사유하며 사는 것이다. 행복하기 때문에 감사하는 것이 아니라 감사하기 때문에 행복한 것처럼, 행복은 선택이다. 이제 『들국화가 지금 막 피어나려 해』 시집의 제목처럼 각자의 시심으로, 장미가 온 몸을 다 던져 붉게 피워내듯이 삶도 저마다의 색깔로 아름답게 피워내시길 소망하며 시를 사랑하는 모든 이를 진심으로 축복한다.

아정 노영숙

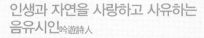

인생과 자연을 사랑하고 사유하는
음유시인 吟遊詩人

송광택 | 시인, 출판평론가

　문학의 주제는 인간의 체험이다. 문학은 체험에 대한 지식을 전달하는 것이 아니다. 문학은 기계를 조립하기 위한 설명서라기보다는 기계 그 자체의 그림이다. 문학은 체험을 재창조하는 것이다. 문학은 인간 경험뿐만 아니라 그 경험에 대한 해석도 제공해 준다. 문학도 다른 학문이 다루는 것과 같은 주제들(자연, 사회, 신, 인간)을 다룬다. 문학이 다른 학문과 구별되는 것은, 문학은 이런 주제를 객관적으로 바라보는 것이 아니라, 사람의 관심을 끌고 '사람에게' 가치 있는 것으로 본다는 것이다.

　리렌드 라이켄 교수는 말하기를 "문학 작품은 삶의 한 선택적 측면으로 우리의 생각을 집중시켜서, 그것에 대한 우리의 이해를 분명하게 해주는 것이다."라고 했다. 종종 문학은 우리가 가지고 있지 않은 경험이나 관점을 형상화시켜 준다. 문학은 다른 예술과 마찬가지로, 상상력을 통해 시공을 벗어나 여행을 하면서 보고, 배우고, 즐길 수 있게 해준다. 그리고 이 과정에서 우리는 더 성숙한 모습으로 보고 배우고 즐길 수 있게 된다. 한마디로 문학은 우리를 넓혀 준다.

　우리는 한 편의 시를 읽고 생각하면서, 인간 경험의 어떤 측면을 의식하게 된다. 예를 들면 시인은 우리로 하여금 자연이 가진 다면적 아름다움을 의식하도록 함으로써 우리 자신을 풍부하게 해주는 것이다. 우리는 시를 읽으면서 우리 주변 사람들과

자연에 대한 각성된 의식을 갖게 된다. 시를 감상할 때 우리는 사람들의 기쁨과 슬픔, 그리고 고뇌와 환희에 참여하게 되는 것이다. 한 편의 시에는 하나의 인생관이 담겨 있다.

노영숙 시인의 여러 시들은 그의 사색과 삶의 발자취를 보여준다. 시인은 일상 속에서 생각하고 시심詩心을 가꾼다. 모든 사물이 시의 소재가 되고 나이든 나무의 향기도 시어가 된다. 시인은 계절의 속도를 느끼고 그 변화를 노래하면서, 사물에 눈을 맞추고 감정 이입을 한다.

아마도 시인은 우주 만물과 친밀한 관계를 맺고 싶은가 보다. 그러기에 시인이라는 고독한 여정이 쓸쓸하거나 외롭지 않다. 동서남북 사방에 시인의 친구들이 있고, 시인도 기꺼이 그들의 말벗이 되어주기 때문이리라. 수선화, 목련, 산수국, 복수초. 그리고 개나리꽃 하나도 알고 보면 다 가르침을 주는 스승이 된다. 물론 '살아있는 책'인 은사는 '주름과 백발에서' 삶이 무엇인지 가르쳐주신다.

단풍은 "다 내어 주고도/ 가슴 타오를 줄 알아/ 그래서, 꽃보다 더 아름답습니다"라고 노래하는 시인은 따뜻한 눈과 넉넉한 마음의 소유자이다.

시인에게 '자연'은 다가오는 이를 빈손으로 보내지 않는 친구다. 그 누구도 흉내 낼 수 없는 넉넉함이 자연에게는 있다. 언제나 그 자리에서 기다리고 있는 자연은 어머니의 품이다.

시인은 삶의 소소한 일상에서 깨달음을 얻는다. 평범하게 보이는 사물에서도 지혜의 빛을 발견하곤 한다. 어떻게 이러한 발견이 가능할까. 김승옥은 말하기를 "글을 쓴다는 것은 밖의 것을 받아들여 impression 자기의 마음이라는 필터에 걸러낸 후, 밖으로 뱉어 놓는 것 expression을 말한다. 받아들이는 것이 없이는 결코 나올 수가 없는 것이다… 무엇을 쓴다는 것은 그리 거창한 것이 아니다. 일상사에서 일어나는 각자의 느낌, 작은 것을 세밀하게 관찰하여 거기서 오는 새로운 발견이, 바로 글의 시작이 되는 것이다."라고 했다.

"박학이독지 절문이근사博學而篤志 切問而近思"라는 말이 있다. 유가儒家의 학문관은 먼저 박학博學을 권하고 있다. 사람다운 사람이 되기 위해서는 전인적 지식이 필요함으로 폭넓은 교양을 갖추기 위해 널리 배워야 한다는 것이다. 한 가지 전문분야에 정통할 것을 요구하는 오늘날의 학문관과는 다르다.

다음으로 절문切問을 말한다. '절문'이란 배움에 갈망하는 적극적인 열의를 말한다. 그리고 근사近思란 높고 먼 고차원적인 생각이 아니라 가까이 있는 것에서 생각의 실마리를 풀어가는 것을 말한다. 고전인문학자 고미숙은 이렇게 말했다. "소박하고도 근원적인 질문들로부터 도망가지 말자." 이명희 시인은 말하기를 "깨끗이 살아간다는 것은 쉬운 일이 아니다. 좋은 시를 쓴다는 것은 더욱 쉬운 일이 아니다"라고 했다.

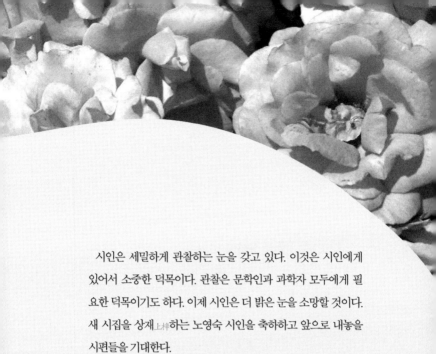

시인은 세밀하게 관찰하는 눈을 갖고 있다. 이것은 시인에게 있어서 소중한 덕목이다. 관찰은 문학인과 과학자 모두에게 필요한 덕목이기도 하다. 이제 시인은 더 밝은 눈을 소망할 것이다. 새 시집을 상재上梓하는 노영숙 시인을 축하하고 앞으로 내놓을 시편들을 기대한다.

contents

1 그 곳에 살고 싶다

2 들국화가 지금 막 피어나려 해

🎧 이 아이콘이 있는 작품은 QR코드로 시 낭송을 들을 수 있습니다.

contents

3 이대로 눈 감고 있네요

4 별빛을 타고

contents

들국화가 지금 막 피어나려 해_____

그 곳에
살고 싶다

차마 다 잊지 못해
여우의 눈물로 밤공기 가르면
강 너머 안개를 뚫고
그리움 한 조각
돛단배 되어 피어난다

－「머문 향기」 중에서

001

광야의 축복

까마득한 이천 년 전
이 땅에 초라한 나귀를 타고 오신 당신을 그려 봅니다
우리의 죄를 대신 감당하시려는
크고 놀라운 대속의 사랑
그 겸손과 온유의 진정한 의미를 우리가 어찌 알 수 있겠습니까

예루살렘에 입성하시며 홀로 느끼셨던
깊은 고독과 떨리는 심정 헤아리지 못하고
우리를 구원하소서 호산나 호산나 구원만을 찬양하며 외치던 길가의 군중들
오로지 구세주만을 확신하며 종려나무 가지 흔들던 그 모습이
지금, 아무 생각 없는 우리의 삶입니다

종려 주일 다음날, 무화과나무를 찾으셨으나
잎만 무성한 무화과나무를 저주하신 그 믿음의 요구가
지금도 열매 없이 살아가는 우리의 모습입니다
한 여인이 비싼 향유가 들은 옥합을 깨뜨려 주님의 머리에 부을 때
우리는 오직 나 자신만을 위하여 옥합을 깨뜨렸습니다

희롱과 번민 그리고 온갖 수모의 발자국마다 새겨진 고통의 길
십자가 지고 가신 그 길 우리가 어찌 알 수 있겠습니까

끝까지 우리를 향한 사랑으로 걸어가신 비아 돌로로사

해가 빛을 잃고 어둠이 임할 때 십자가의 보혈로

우리의 모든 죄를 사하신다는 그 언약을 온전히 이행하셨습니다

십자가 고통 중에도 못 박아 죽여라 외치는 죄인들을

용서해 달라고 기도하신 당신.

살이 뜯기는 비명에서도 가슴 저미어하는 어머니를 위로하신 당신.

대신 지셨던 인류의 죄를 모두 해결하신 당신.

이 철저한 심판의 순간을 통해 죄사함과 새로운 삶을 이루게 되었습니다

춘분이 지나고 첫 보름달이 뜬 다음 일요일 빈 무덤 앞

한 생명이 겨울을 이기고 새벽 미명에 부활하셨습니다

절망의 어둠 이기고 부활하신 당신을 엠마오로 가던 두 제자가 동행했지만

알아보지 못했던 그 모습, 지금 우리의 모습입니다

영적인 배고픔에 허덕이는 우리에게 광명한 빛이 임하길 소망합니다

아픈 상처와 실패에서 잊혀진 그 이름

목 터지라 회개하며 통곡하는 시간을 통해 광야가 축복임을 깨달았습니다

죽음으로부터 영원한 생명으로 부활한 당신과 함께 다시 살게 된 지금

당신만이 주시는 광야의 축복으로 새로운 미래, 하늘의 비전을 꿈꾸며

용서라는 십자가를 지고 서로 사랑하겠습니다

물오른 가지마다 잎 돋우는 잎새달
나무도 꽃도 풀도 할렐루야 당신에게 두 손 모읍니다
오직 믿음으로 다시 산다는 것을 증거하는 이날
부활의 영원한 기쁨 시들지 않도록
영혼의 안식을 주시는 당신의 사랑, 오늘도 내일도 나누겠습니다

항아리

천상에 올라앉아
짠맛 매운맛에
들숨 날숨 고른다

촌스러운 미학
그 안에 온기를 찾아주는
이슬방울
정서 사유하나 보다

붉은 감잎 떨구고
울다 지친 분홍치마
돌돌 감아 오르는
반겨주는 변함없는 그 자리

문득, 애틋한 얼굴 품고 있다

변신

파란 불이
까만 터널 속을 완전히
포위했다

점점 달아오르는 터널 속
영육이 하나 되어
알몸을 부둥켜안고
아우성치는 하얀 영혼들

얼마나 견디었을까
서서히 생명줄을 놓으려 할 때
캄캄한 터널 속 잠물 쇠
철컥하고 열린다

하얀 영혼들
일제히 세상을 향해 외친다
뺑이요

시련의 한숨

연기되어 날아가고
자그마한 몸 하나하나가
변신하여 철망 터널 속으로
일제히 튀어나온다

어른 아이 하나 되어
커다란 멍석 주위로 몰려들어
한 주먹씩 입에 넣고는
하얀 이를 드러내고 웃는다

변신의 기쁨을 아는지 모르는지….

이팝나무

하얗게 핀 우정은
마음으로 읽어야 보인다는 것을
까만 밤 달빛이 속삭인다

바람이 흔들어
새하얀 꽃 하늘에 떠
그렇게 보고 싶은 반가운 친구 불러본다

온 가지 덮은
향이 하늘에 누워
달 향에
친구 잠이 드나 보다

주여, 어디에 계시나이까

갈급한 마음
두 눈 꼭 감고
두꺼운 책갈피를 잡아본다
주님의 흘린 눈물 내 가슴에 흘러
그 길을 따라가 보지만
늘 안갯속에서 길을 잃고 만다

성화의 길
기도로 무장하고 따라가 보지만
오늘도 안갯속에서
주님만을 목 놓아 에크라* 외쳐본다.

어디 계시나이까
온 사방은 깜깜하고
내 목소리만 허공을 메아리친다

* 에크라: '부르다', '선언하다'의 히브리어.

녹차로 끓여낸 세월

남쪽 바다 흰 구름 구릉을 넘을 때
줄지은 연둣빛 골짜기
아침이슬 머금은 채
붉은 해를 온몸으로 껴안는다

수많은 사연 품고 찾아온 꼬리들
말은 달라도 눈빛은 하나
녹차잎 허공을 날아
모든 사연 옹이져
미로 속으로 들어간다

뜨거운 불 속에서
시름 세월 견딘 후
찻잔 속에 두 눈으로 피어나
밤새 풀어놓은 세월, 세월.

휴게소

잿빛 아스팔트 위
동그란 타이어
한숨을 토해낸다

파란 손수건 속
포크와 숟가락 쉬어가라
유혹한다

팔도 사투리 지평을 날고
짙은 커피 향 하늘을 난다
인연의 징검다리
만남과 헤어짐의 수레바퀴

둥그런 타이어처럼

달빛 속에서

달빛 부서지는 고요한 삼경
서동과 선화가 올라간 길목

숲속 오솔길
작은 산자락마다
때 이른 밤꽃이 낮처럼 밤을 밝힌다

달빛 폭포수에 머리 감던
꿀벌과 나비도
오뉴월 밤꽃 향기에 취해 춤춘다

머문 향기

네가 떠난 가로등 아래
너의 체취만 남아
어둔 골목을 비춘다

무심히 흘린 매듭 한 조각
사월 십구일
그대 이름 덮는다

차마 다 잊지 못해
여우의 눈물로 밤공기 가르면
강 너머 안개를 뚫고
그리움 한 조각
돛단배 되어 피어난다

홍천가

미약골 샘물에서
사백 리 길 달려온 홍천 강물
버들치 춤추고 열목어 노래하는
온새미로* 흐르는 여명의 강물
푸른 물결 넘쳐흐른다

태백산맥 연봉들 남북으로 휘달려
활짝 핀 진달래 천년을 불태우고
늘솔길 잣나무 길길이 이어온 향
높이 뜬 까치 수타사 동종銅鐘* 울리고
가칠봉 새 호리기* 꿈을 지저귄다

* 온새미로 : 가르거나 쪼개지 않고 생긴 그대로.
* 동종 : 홍천 수타사동종(思印比丘 製作 銅鍾 - 洪川 壽陀寺 銅鍾)은 강원
도 홍천군 수타사에 있는 조선시대의 종.
* 새 호리기 : 머리꼭대기는 검은 갈색이고, 깃털의 가장자리는 회색 또는 붉
은 갈색이다. 멸종 위기 야생생물 2급으로 지정되어 보호받고 있다.

저마다의 길

닮기도 하고 어긋나기도 한 두 길이 있다

포장길
비포장길
때에 따라 다를 뿐
모양만 보고 자를 재는 사람들

패랭이는 패랭이대로
언덕 위에 뿌리 내리고
와송은 와송대로
지붕에 길을 튼다

백 년 만에 피는 용설란처럼
나의 길을 가련다

유월 모란

달빛 어린
창문을 열치니
붉은 심지 소담한 기품
저마다 봉긋한 향기로 피어나
심장 째 불태우는
나의 모란

그곳에 살고 싶다

작은 도랑 돌다리 지나
붉은 석류꽃 핀 울타리 놓고
아낙들 웃음소리에
앞 개울 노란 개나리 손짓하는
그곳에 가고 싶다

하얀 감자꽃에
옥수수 익어가고
보랏빛 도라지 벙그는 소리에
사람 사는 이야기 익어가는
그곳에 있고 싶다

개구리 소리
천장에 부딪치고
소쩍새 소리
적막을 부추기는
그곳에 살고 싶다

양지. 1

웅크린
잔디밭에
따스한 햇살이 속삭인다

활짝 웃는
여린 풀잎 따라
내 마음 연둣빛 향연이다

양지. 2

도토리 하나 물고
겨울잠 자던
다람쥐

봄 햇살에 놀라
나무 위로 쪼르르
가지마다 그네를 탄다

들국화가
지금 막
피어나려 해

산이 아름다운 것은
그것이 그 안에 깊은 계곡을 품고 있기 때문이야

－「들국화가 지금 막 피어나려 해」 중에서

002

바람으로 남긴 당신

노란 수선화
진한 향기 나누며
하얀 피부 목련을 시기하지 않으며

맑은 마음을 지닌 작은 안개꽃
자기 얼굴보다 흐벅지게 핀 산수국
부러워하지 않는다

뻐꾸기 소리 들리는 숲속 다래는
수줍은 듯 이파리에
조롱조롱 줄지어 섰고

푸른 언덕에는
작은 꽃 지천으로 피어
납죽 엎드려 하늘을 본다

눈 쌓인 얼음 속 복수초
화사한 봄을 알리고
때 잊은 개나리꽃 하나

진노랑 웃음 잃지 않는다

때를 얻든 못 얻든
자신의 모든 것 불사르고
긴 호흡, 바람으로 남긴 당신
나에게는 꽃이다

가을날

강물은 산을 안고
산은 강물 안고 살아간다

높은 산 깊은 골짜기 지나
잠시 머물던 너의 넓은 가슴
무념의 허수아비 하나 여기 서 있다

한낮엔 뜨거운 열정을 불태우고
차가운 밤하늘 은하수에 젖어버린
사랑이라는 아픔에 절규한다

삽상한 바람 가을 들녘에
외따로이 놓인 하얀 공깃돌
넓은 들판을 가득 메운다

들국화가 지금 막 피어나려 해

뿌리에 잎 달린 쑥부쟁이
꽃필 때 잎 지듯
산과 들에 지천인 꽃들은
각자 제 색깔로 피어나지

달맞이꽃은 달맞이꽃대로
들국화는 들국화대로

산이 아름다운 것은
그것이 그 안에 깊은 계곡을 품고 있기 때문이야

들국화,
지금 막 피어나려 해

치자꽃

버드나무 아래
태몽 꿈 나누며
치자꽃 한 송이 가슴에 심어 준다

한발과 태풍에
커다란 버드나무 그 자리를 잃었지만
지금도
가슴이 노란 꽃밭으로 물들어 있음은
나무 그늘 옮기며
햇살 다독이는 어머니의 손

코끝을 스치는 치자꽃 향기

인생 신호등

네가 무언데
나에게 명령하는 거야

아무도 없는 깊은 밤까지
왜 나에게 명령하는 거야

나는 언제쯤
이 길을 마음대로 건널 수 있지

인생의 신호등
나에게 상관없는 날은 언제일까

잊은 적 없어요

겨울이 간들
여름이 온들
달빛 없는 밤이 왔어도
나, 그대를 잊은 적 없어요

뿌연 유리창 빗방울
맺혀 있는 것처럼
그대 향한 커다란 눈물방울
닦지 않고 있어요

피라미드의 합창

뒷걸음치는 흑암 뒤로
해룡의 깊은 입속에서
붉은 용암이 쏟아져 내린다

아침마다
떠오르는 저 붉은 핏덩이 속에서
인류문명 육천 년이
쉬지 않고 꽃을 피웠다

이집트에서 파라오가 바라보았던 저 빛
시공을 초월하여 지금 내가 바라본다

붉은빛 뒤로 보이는 신기루 속
꽃잠 자던 피라미드 공주와 왕자들 줄지어 깨어
형태만 남은 머리 위로 태양을 올리고 있다

친구여

백 년 동안 떠돈 바다
백 년 동안 헤맨 하늘

내가 힘들 때마다 넓은 바다 박차고 숨비소리 내면
너도 긴 하늘 박차고 한숨 소리 흘렸지

내가 어두운 밤 등댓불 하나 의지하고 바다를 건널 때
너도 밤 별 하나 의지하고 날았지

날다

온 힘 다해 질주한다

한순간
무거운 몸뚱이는 하늘을 난다

어디쯤 왔을까
얼만큼 날았을까

신호등 없는
하늘에서
갈 길 잃고 헤맨다
오늘도

옆에 선 나도

수선화는 수선화일 뿐
해바라기는 해바라기일 뿐

산바람 들바람 스치지만
춤사위도 모두가 제각각입니다

멋도 모르고 당신 옆에 선 나도
이제는 당신의 꽃이 되었습니다

바다는 지금 사랑 중이다

푸른 시간 속
실핏줄처럼 갈라진 강을 타고
수많은 돌고래가 새까맣게 몰려온다

새벽부터 힘차게 요동치며
바다를 흥건히 적시는 붉은 빛덩이

달도 때를 아는지
밀려오는 썰물로 질퍽한 자리를 덮어주자

바다는 지금 사랑 중이다

나를 기다리며

텅 빈 공간 속에서
온종일 쭈그리고 앉아
나를 기다린다

창살 넘어
이따금 들리는 사자 소리에
깜짝 놀라 주위를 살펴보지만
나는 아직 오지 않았다

뜨거웠던 지난여름
벌거벗은 등허리에
남은 기억의 편린들
하나둘 뜯어내어 세어 본다

흩어진 한 조각 비늘 맞추며
급히 뛰어온 그림자 하나가
이마에 땀을 닦으며 묻는다

누굴 기다리세요

한때는

너도 한때는
용솟음치는 열정으로
온몸이 붉었지

너도 한때는
만남의 실패로
온몸이 파랗게 멍들었지

지금은
구멍 난 가슴마다
갈매기 소리 가득하고

지금은
출렁이는 파도마다
박수 소리 가득하다

나도 흐른다

빛바랜 가랑잎 하나 너럭바위에 달라붙어
계곡물 타고 내려온 목쉰 바람 소리에
온몸을 떤다

물 위에 떠 있는 빨간 단풍
때늦은 물놀이에 더 붉어져 가고
큰 바위에 기댄 노란 국화 하나
흐르는 계곡물 목덜미를 잡는다

늦가을 흐르는 맑은 물소리
내 몸을 감쌀 때
속세의 몸뚱이 하나
사유 속 참회 중이다

들국화 섧게 우는 가을
낮은 계곡물
만리향 그대로 품어
나도 흐른다

붉다

한여름의 햇살
온몸으로 삼키고는
주체할 수 없는 뜨거움
천둥으로 외치던 너

갈바람에
잔뜩 메마른 가슴 보고
번갯불 한 조각으로
오색 붉은 불을 지핀다

이성 잃은
산불
온 산을 휘젓더니

소리도 없이
암벽 타고 계곡 타고
산 아래로 달려와

한 평도 안 되는
차가운 내 작은 가슴에
불을 지른다

이대로
눈 감고 있네요

나 아직
내 마음 풀지 못하였다고
말할 거예요

-「연정」 중에서

민들레꽃

외로움이 찾아올 때
전봇대 틈바구니에 낀
민들레꽃까지도
그립다

어스름한 저녁 빛을
머금고 누군가를 기다리고
달빛 비치는 풍경 속
마음을 의지해야 하는
너이기에

유수 같은 세월에 실려 온
매미의 허물들 보고
가슴속 잠겨있던 외로움이
폭포수 되어
시멘트 바닥을 적신다

야간작업 마친 빛바랜 가로등
긴 하품할 때
민들레 깃털 하나
이슬 티고 하늘을 난다

공존 共存

눈 내리기 전
하늘은 온통 회색빛

눈물 흐르기 전
내 가슴은 온통 먹빛

어느 한겨울 너무 시린 날
너와 나의 눈물 속에는
먹빛과 회색이 함께 공존한다

연정

길을 걷다
눈물이 쏟아질 때
쓸쓸한 내 손을 잡아준다면

세월이 흘러
이 세상 끝날 쯤
누군가 나직이 물어오면

나 아직
내 마음 풀지 못하였다고
말할 거예요

강물은 흐른다

세월도 나를 안고 흘렀다
물안개 피어나는 너의 가슴에도
철새들이 그렇게 흘러들어 왔다

순백의 큰고니
기약 없이 떠나며 흘린 눈물은
어느새 강물 되어 저만치 흘러간다

얼어붙은 겨울 하늘 바람까지 잡아둘 때
가느다란 생명줄로 물고기 한 마리 동여매고
허기진 새끼 생각에 얼어붙은 파란 창공을 깬다

수천 년 전 백사장에 기다랗게 쓰인 이름
결코 지울 수도 없는 이름
흘러가는 강물 속에 깊숙이 묻어둔다

갈등

주위가 회색 물결이다
온종일 걸어도 아무 소리도
가슴에는 커다란 누름돌이 간간이 들썩인다

붉은 용암의 열기는 목까지 차
하늘에서는 여기저기서 혜성이 날아온다
주변이 온통 뒤엉킨 실타래

어떻게 풀어야 할까
이렇게 풀어야 할까
어제처럼 기다란 커튼을 친다

속삭임

붉은 태양이
뜨거운 가슴으로 속삭일 때

파란 하늘은
환한 웃음으로

초록 나무는
넓은 손바닥으로

오색빛 꽃은
향긋한 꽃내음으로 삶을 속삭인다

너와 나의 이만치 거리

서원인*

소백산 높은 기백 꿈으로 묶고
금강의 깊은 포용 사랑으로 엮어
기름진 터전에 진리의 열매 맺는 서원인

지칠 줄 모르는 젊음의 패기
푸른 꿈으로 하늘을 날고
깨끗한 샘의 지혜 내 가슴에 흐른다

스승과 제자가 하나 되어
열정으로 진리를 가르치고
존경으로 배움을 드높일 때

강한 의지 조화된 질서
커다란 느티나무 되어 우뚝 서고
무궁한 지혜로 온 세상 가득하다

---

* 서원인 : 충청북도 청주시 흥덕구 가경동에 있는 공립 일반계 서원고등학교 출신인.

이대로 눈 감고 있네요

그대와의 만남 너무나 멀어
마음 한 곳 그리움으로
남고 싶네요

늦가을 빈 들 위
슬픔에 체한 기러기
허공을 날 때

무심한 달빛에
상처 난 이 마음
감출 수 없어
이대로 눈 감고 있네요

생의 무게

삶이 무거운 것은
버려야 할 것과
비워야 할 것을
모르기 때문이다

연잎에 빗방울
고인 만큼 떨어지듯
욕망의 쇳덩이
가볍게 밀어내야 한다

삶이란, 시시포스*의 바위를 굴리는 일.

---

* 시시포스(Sisyphos) : 그리스신화에 나오는 인물로 못된 짓을 많이 해 그 형
벌로 커다란 바위를 산꼭대기로 밀어올려가야만 했는데, 산꼭대기에 이르면
바위는 다시 아래로 굴러 떨어지곤 하여, 이러한 고역을 영원히 되풀이하고
있는 사람이다.

사닥다리

마굿간으로 오신 당신
축축한 진자리

가장 낮고 눅눅한 자리
생명의 싹틔우사
그 의미를 담습니다

생명길 따라
세상으로 향한
사닥다리 놓아가게 하소서

사랑은. 1

빈집에
살며시 스며든 달빛

사랑은. 2

눈 감으면
두 눈 가득 떠다니는 물고기처럼
어룽대는 별

사랑은. 3

속살 깊이 묻은
어느 꽃잎이
내뿜는 향기

오송 호수 공원*

이야기보따리 풀어놓는 청둥오리 군무

일렬로 무리 지어 물 위에 동동동
쉴 사이 없이 밥상머리 교육받는 귀여운 새끼 오리
한 마리씩 교향악에 맞춰 물속으로 퐁당퐁당

오송 연제리 평화로운 동천 호숫가
북쪽 고향 집 그리워하는 큰고니
겨울 하늘 대붕의 날갯짓 자유의 환희
갈대가 봄 희망 품고 호수 속에서 출렁인다

* 오송 호수 공원 : 충북 청주시 흥덕구 오송읍 연제리 호수 공원

내가 사는 나라

수년 전부터
어머니, 당신이 아프시다는 소리를 들었습니다

큰 나라의 기침에도
오랫동안 몸살 앓는 어머니
일터로 간 큰언니 작은언니
보내준 얄팍한 봉투로
울타리 보수하고 기왓장을 올렸습니다

눈물 젖은 빗장을 열었네요
어머니, 봄이 오는 길목에 아이들 소리 쟁쟁합니다

산 같은 벗

온갖 빛깔을 발아하는
꽃들의 안식처
이런 산처럼 매혹적인 벗

뿌리를 틔워주고
열매를 길러주는 대지의 어머니
이런 산처럼 젖줄을 만드는 벗

모든 생명을 잉태하는
푸른 어머니의 산실
이런 산과 같은 벗이고 싶다

별빛을
타고

파란 하늘에서도 색을 넣을 줄 알아
거친 땅을 어루만져 희망을 심고
가슴속 숨겨둔 작은 불씨까지도 보살피는
섬세한 손끝이라서 좋습니다

－「꽃보다 단풍」 부분

004

새싹들의 초유

시린 바람에
매달린 나를
서툰 낭만으로만 바라보지 마라
색 바랜 얼굴 뒤로 온 힘 다해
붙들고 있는 내 두 손
단 한 번이라도 위로해 준 적 있느냐

가로수 터널 사이로
뒹구는 낙엽
함부로 쓸어 담지 마라
새봄 기다리는
추억 편린들의 마지막 몸부림이다

겨울의 끝자락
내 몸 불태워
고향 나무 아래 수장될 때
긴 겨울 이겨낸 새싹의 초유이리니

스승

당신은 가르치며 배운다고
늘 겸손해하지만
당신의 지혜의 샘 속에서
목마른 가슴을 채웠습니다

당신은 늘 부족하다
말씀하지만
당신의 언행에서
사랑과 배려를 배웠습니다

세월의 흔적으로 더 이상
가르칠 수 없다지만
당신의 주름과 백발에서
삶이 무엇인지 알게 되었습니다

이제
나의 모습에서 당신을 보게 됩니다

.

분칠한 달빛

허공 한가운데
덕지덕지 분칠한 네 모습에서
8월의 붉은 잔상을 본다

천삼백도 숯가마 속에서 부서지는
무수한 별빛
가로등 불 아래 밤낮을 잃은
매미 소리만 귀청을 울린다

덜덜거리는 선풍기에 온몸 맡긴
흥건한 몸뚱이 하나
고된 하루 흘린 땀 은하수로 등목하며
잠시 삼덕송 읊조리다가
흘낏 너를 바라본다

이런 하루가

탐스러운 햇살 넘치는 이른 아침
정결한 영혼으로
당신께 영광 올리려 하루를 시작합니다

새벽부터 늦은 밤까지
어떻게 살아야 할지 지혜를 주셔서
내가 원하는 하루가 아니라
당신이 바라는 이날 되게 하소서

여러 모양새로 만나는 이들을 축복하게 하시고
어느 곳 어느 순간이든 당신의 호흡을 느끼고 싶습니다

내가 서 있는 곳에서
당신의 작은 음성에 귀 기울이는 하루이길 원합니다

심고 거두어들일 때를 정확하게 아시고
자족하는 법을 가르쳐 주신 당신
영혼의 떨림으로 찬미가 불러 봅니다

이날도
내가 바라는 하루가 아니라
당신이 원하는 날 되게 하소서

웅크린 요일

끈질긴 보고픔이
손가락 사이로 샌다

갖은 마음
사월 십구 일을 닫으려 해도
옹알이처럼 터지는 그 이름

오래 머문 빛과 바람
웅크려 있는 요일

얼굴 없는 천사

텅 빈 가슴에
꾹꾹 눌러 놓았던 기억의 편린들
생각이 모두 멈춘 날
하나둘 꺼내어 본다

왜 그랬어, 왜 그랬을까
후회와 한숨이 용오름 되어
하늘로 솟구치고
쓰나미처럼 번뇌가 나를 덮친다

얼굴 없는 천사 벼락 치는 소리에
깊은 골짜기도 진혼곡을 울린다

메마른 가슴에도
한 가닥 소망으로 당신 이름 부를 때
붉은 울음 뚝뚝 떨어진다

별빛을 타고

보름달 뒤에 숨은 당신
나의 작은 창문을 살포시 열고
들어옵니다

밤마다 못 올 일도 없고
내가 못 찾아갈 이유도 없건만
무슨 까닭인지
가슴에만 품고 바라만 보고 있습니다

밤새 삭풍 윙윙거리던 날
내 서 있는 허허벌판에도
당신의 잔영 에메랄드처럼 반짝입니다

푸르게 시리도록 그대가 그리운 날엔
별빛을 타고
조급한 마음에 허겁지겁 달려갑니다
하얀 입김도 내 마음 아는지
허둥거리며 정신없이 뒤따라옵니다

동백꽃이 되고 싶다

한라의 따스한 햇볕이 나무 사이 지나고
윤슬 가득한 강물 가로지를 때마다
하나 되기 위하여 애환의 향수 가진 이에게
평화와 사랑의 화려한 태평무를 추게 하소서

백두의 동장군 매서운 바람 속에서도
생명들 아지랑이로 피어나게 하시고
나보다 더 아픈 이들
동백꽃* 되어 한반도에 가득하게 하소서

---

* 동백꽃의 꽃말 : '진실한 사랑', '겸손한 마음'을 의미함.

동백섬. 1

푸른 물 안고 웅크린 너에게
설핏 차가운 빛이 귀에 대고
잠시 두런거린다

네 등위로 빽빽한 동백나무
나지막한 목소리 흥얼거리며
붉은 웃음을 꺼이꺼이 내놓는다

동백섬. 2

뭍에서 온다는 예고도 없는데
기다리는 마음 부풀어
이미 가슴 풀어헤치고 바닷바람에 몸을 맡긴다

섬 뒤에 숨었던 봄, 여름, 가을 이야기
뿔고둥 나팔 소리에
어우러져 커다란 함성되어 울린다

첫사랑 품은 붉은 심장이
겨울바람 뚫고 초록 치마 나풀거리며
제 장단에 일렁인다

내 가슴에도. 1

내가 했던 수많은 일 중 하나가
무수한 별 중 하나라면

지상의 조그만 방 하나
그리움처럼 밝히련만

내 가슴에도, 2

별 무리 속의 작은 별 하나
바위틈 꽃망울처럼
수줍은 듯 나지막히 피었으면

꽃보다 단풍

호수에 비친 단풍
그 어떤 꽃보다 아름답습니다

세차게 달려오는 겨울바람
애써 거스르지 않고
때를 따라 낙화할 줄 알아 좋습니다

옛것과 새것을 한 품에 아우르다
수만 가슴으로 물들인다 해도
한 가지 진리를 틔워서 좋습니다

연면히 흘러온 애환 속
켜켜이 쌓인 연륜의 무게
한 장 낙엽으로 허공을 유영하다
윤회의 굴레로 귀의하니 좋습니다

파란 하늘에서도 색을 넣을 줄 알아
거친 땅을 어루만져 희망을 심고
가슴속 숨겨둔 작은 불씨까지도 보살피는

섬세한 손끝이라서 좋습니다

다 내어 주고도
가슴 타오를 줄 알아
그래서, 꽃보다 더 아름답습니다

여전히 혼자 인가요

거기 아무도 없나요

비 오는 날
말갛게 세상을 닦아놓고
온갖 슬픔 자박거리는 발걸음

여전히 혼자인가요

작은
내 발자국

나보다 너, 우리를 위한
바람도 햇살도 쉬어가는
아름다운 동행이다

－「청남대 풍경」부분

005

시어 찾기. 1

나의 음성
하나를 찾아
너에게 전하는 것

시어 찾기. 2

무한한 시간 속에
나를 찾아가는 사유

시어 찾기. 3

흐르는 물결 위에
나에게
부서지는 빛 하나 바라보는 것

작은 내 발자국

육천 년의 기나긴 푸른빛
한 줄기 영성의 빛

새봄을 위해 산도 나무도
지상의 봄날 위해
생명의 노래
갈피갈피 흐른다

천상의 동아줄에 욕망을 묶고
사뿐사뿐 내딛는
작은 내 발자국

청남대 풍경

푸른 나염의 물줄기
붉게 물든 산자락을 휘감아
입김처럼 피어오르는 물안개
우뚝 선 나상의 왕 버드나무
온몸으로 껴안는다

물비늘 옷 입은 양성산 팔각정 아씨
긴치마 살짝 들고
백옥 발 내디딜 때
곳곳이 아련한 첫사랑 긴 이야기로
꿈을 찾아가는 여정이다

산도 물을 닮아 가는지
꺾일 듯 휘어지는 낙우송 길
사춘기 소녀의 자유인 양
늘어진 주름위를 거침없이 달리다가
한줄기 땀방울로 하늘을 난다

구중궁궐 위로 붉은 해가 떠오르면

오래된 공룡들의 긴 발자국 사이로

남쪽 청와대 이름 석 자만 남긴 육인六人

호수 깊숙이 숨어 산 내음만 가득하다

새털구름 피어나는 대청호반

먼 산자락 천오백 년 현암사 풍경소리는

청남대* 앞마당 5,800개 돌탑 향한

나보다 너, 우리를 위한

바람도 햇살도 쉬어가는

아름다운 동행이다

* 청남대 : 충청북도 청주시 대청댐 부근 약 55만 평에 지은 대통령 전용 별장
으로 '남쪽에 있는 청와대'라는 의미임.

어디쯤에 보이실까

꽃눈 터지는 봄날
떠나신 님

육신의 탯줄 맥없이 끊어놓고
먼 산 넘어가신 님

어디쯤에 보이실까

고향 닮은 사람 하나

어릴 적 노을 진 언덕에서
흰 구름 떠도는 넓은 하늘에 눈을 걸고
푸른 보리밭 일렁이는 물결에 가슴을 띄운 채
사방에 퍼지는
버들피리 고향을 노래하는 사람

고향 닮은 사람 하나

호수 속 붉은 노을

어머니 젖가슴 사이에 멈춘 뒤바람
나상의 나뭇가지에서 잠시 숨을 고른다

낮지도 높지도 않은
싱그러운 내음 가득한 산
아침부터 저녁까지 골바람
쉴 틈 없다

작은 호수에
산 그림자 아른거리고
큰 바위 틈새 기댄 소나무
천년의 세월 솔향 뿜어내니

나는 한 마리 철새 되어
호수 속 붉은 노을 향해
새로이 날갯짓한다

한 치

봄 가뭄의 타는 듯한 목마름 속에서도
여름의 기나긴 장마
가을 태풍 속에서도
뿌리는 깜깜한 땅을 향해 한 치 내려가고
잎은 파란 하늘 향해 한 치 올라간다

한 치
한 치
깊어가는 인생
날마다
부활이다

입춘. 1

아지랑이 땀 사이로
저만치서 봄이 온다

온몸 웅크린
마른 나무 가지들
들녘이 떠들썩하다

뭔 일인가
무뚝뚝한 바위도
봄의 소리에 깜짝 놀라
두 눈을 치켜뜬다

입춘. 2

동면에서 깨어난
칠삭둥이 냉이
얼었던 땅에 얼굴 비비며
향긋한 향기 뿜어내고 있다

겨우내 자라던 처마끝
긴 고드름
이별에 가슴이 시린지
아침부터 뚝뚝 눈물이다

구부러진 황톳길

주인 잃은
밥상이 덩그마니 놓여있다

온기 잃은 밥공기는
의미 없는 시간을
허옇게 풀어 놓고

구부러진 황톳길 뒤안으로
총총 가버린
그 사람의 잔영만 드리운다

농다리*

천년의 시간
꽃씨처럼 날아와
넓적바위 틈에 살림을 튼다

스물여덟 개의 인연이
시공간을 묶어
영혼의 빗장을 풀면
내 안의 소리와 마주한다

---

* 농다리: 충북 진천에 있는 사력 암질의 붉은 돌로 만들어진 우리나라에서
가장 오래된 돌다리.

초록 입김

희미한 추억이 또렷해지는
초록 물감
햇살 가득 퍼진다

한 잎 한 잎 연초록
반짝이는 싱그러움
언어의 소리 입술을 연다

접촉 없는 소통

맨땅에서 느끼는 자유
눈 비비며 함께 뛰어놀던 동산
두 손 맞잡으며 오가던 커피잔

거주 불능 지구에
어디서 날아왔는지
홀로 피어 자라는 제비꽃

텃밭에 채소가 피운 노란 오이꽃처럼
기다리고 만나는 설렘

순진한 마음이 숨쉬는
은빛 갯버들에 걸터앉은 동심이 그리운 오늘이다

떨어지는 소리

강물이 고요로

추억을 떠올릴 때

밤을 고스란히 세운

추연*한 새벽별 하나

설풋이 떨어지는 소리가

멈추어 서 있다

---

* 추연 : 추연하다의 어근. 처량하고 슬프다.

자연의 서정 속에
펼쳐지는
사랑의 협주곡

최성침 | 문학박사, 문학평론가

노영숙 시인은 그러한 자연세계의 서정을 통하여 그 아름다움을 드러내어 노래하며, 그 깊이 속에 감추어진 사랑의 비밀을 캐내어 실존으로 실현하기 위해 야심찬 시도를 펼쳐 나간다.
－「작품해설」중에서

작품
해설

자연의 서정 속에 펼쳐지는 사랑의 협주곡

- 노영숙 제 3 시집『들국화가 지금 막 피어나려 해』에 부쳐

●

최성침(문학박사, 문학평론가)

1

아정 노영숙 시인이 세 번째 시집『들국화가 지금 막 피어나려 해』를 상재한다.『창조문학』(2020년, 여름)을 통하여 그의 첫 번째 시집『옹이도 꽃이다』에 대하여 논한 바 있는 필자로서는 여간 반갑고 기대되는 일이 아닐 수 없다. 시인은 전작에 이어 시간 속에 현상하는 존재의 갖가지 형태를 포착하는 시적 기조를 유지하면서도 이번에는 사랑이라는 그 작용의 보다 중심적 원리 내지는 근원적 영역에 접근해 가면서 새로운 세계를 열어가고 있다.

창조주로서의 일자 또는 이른바 '존재 자체'는 우선 사랑이다. 기독교 신학에서 신은 사랑이고, 철학 쪽에서 보더라도 하이데거에 의하면 존재한다는 것은 존재의 내어줌 곧 존재의 시혜의 은총의 결과라는 사실을 미루어 보더라도 그러하다.[1]

또한 '사유하다think'는 '감사하다thank'와 언어적 친족 관계

에 있고 우리말 '사랑하다'의 원래의 뜻은 '생각하다'(思量하다)였다는 사실은 사유하는 대상이 신 또는 존재 자체가 될 때 사유는 신 또는 존재 자체에 대한 감사와 사랑이 되는 것임을 알 수 있다. 그만큼 인간에게 있어서 신 또는 존재 자체는 일차적으로 감사와 사랑의 대상으로 인식되는 것이며, 그것은 신 또는 존재 자체가 사랑이기 때문이다. 일찍이 고대 그리스 철학자 파르메니데스의 유명한 경구 "존재와 사유는 동일하다."는 말도 '존재와 사유하는 인간 사이의 친밀하고 근본적인 관계'[2] 곧 존재와 인간 사이의 사랑의 관계를 나타냈다. 존재가 베푼 자기 자신으로서의 사랑을, 인간은 다시 사랑으로 되돌려 보내는 것이다.

이와 같이 사랑은 우선 자신을 내어주는 존재 자체 또는 신이다. 동시에 사랑은 그 내어주는 작용에 있어서의 힘이다. 성경에서 여호와는 힘power으로 표현되고 있고 성령은 입김, 호흡을 뜻함으로써 기운의 의미를 내포하고 있으며 나아가 신의 열정을 시사한다. 일찍이 이러한 존재의 본질을 간파한 시인 김수영은 "사랑은 호흡"이라고 선언한 바 있다. 그는 '노래'라고도 할 수 있는 시의 형식을 '사랑'으로 규정하면서 동시에 시의 존재는 '힘'이라고 말함으로써 결국 사랑과 힘은 동일한 것임을 밝히고 있다. 이것은 결국 시란 무엇보다도 어떤 간절한 갈망이자 즐거움이며 사모함, 즉 사랑이며, 그리고 그러한

---

1) 존 맥쿼리/강학순 옮김, 『하이데거와 기독교』(한들출판사, 2006), 180~183쪽 참조.
2) 위의 책, 47쪽.

사랑은 내부로부터 분출해 나오는 어떤 강력한 힘일 것이라는 사실로 미루어 충분히 납득할 수 있다.[3] 이러한 사랑의 힘은 김수영이 말한 것처럼 '사랑의 불'같은 열정이며 폭포수같이 일말의 두려움도 없이 거침없이 쏟아져 내리는 근원적인 존재의 힘이다. 그 사랑의 힘의 극단적 형태는 십자가의 고통을 이겨내는 그리스도의 사랑이다. 극도의 고통 속에서의 죽음을 스스로 선택하여 받아들이기 위해서는 그 모든 파괴적인 힘을 압도하는 더 큰 힘이 필요할 것이다. 그것이 사랑이다. 사랑은 곧 힘인 것이다.

한편 사랑은 아름다움으로 나타난다. '아름답다'와 '사랑스럽다'는 대부분의 경우 상호 교환적으로 사용될 수 있다. '사랑하다'의 고어 '괴다'는 '곱다'에서 온 말인데, '곱다'는 '예쁘다', '아름답다'의 동의어이므로 '사랑스럽다'와 '아름답다'의 연관성이 증명된다. 존재 자체는 사랑이기 때문에 무한히 아름답고 사랑스럽다. 존재 자체에 의해 창조되는 또는 주어지는 자연 세계는 아름다움의 전형이다. 그러기에 자연은 시인에게 주어지는 존재의 보고이다.

노영숙 시인은 그러한 자연 세계의 서정을 통하여 그 아름다움을 드러내어 노래하며, 그 깊이 속에 감추어진 사랑의 비밀을 캐내어 실존으로 실현하기 위해 야심찬 시도를 펼쳐 나간다.

---

3) 졸고, 「존재에의 물음, 그 아름다운 여행 – 김수영 론」(『창조문학』, 2020 봄), 100~102쪽 참조.

2

아정 노영숙 시인은 먼저 자연 세계 속에서 모든 것을 존재
케 하는 근원적인 힘으로서의 사랑을 발견한다.

시인은 시집의 표제가 된 작품 「들국화가 지금 막 피어나려
해」에서 꽃 봉우리를 터트리는 들국화를 보면서 어떤 감추어
졌던 존재가 개시되고 있는 순간을 포착한다.

> 뿌리에 잎 달린 쑥부쟁이
> 꽃필 때 잎 지듯
> 산과 들에 지천인 꽃들은
> 각자 제 색깔로 피어나지
>
> 달맞이꽃은 달맞이꽃대로
> 들국화는 들국화대로
>
> 산이 아름다운 것은
> 그것이 그 안에 깊은 계곡을 품고 있기 때문이야
>
> 들국화,
> 지금 막 피어나려 해
> ─「들국화가 지금 막 피어나려 해」 전문

"산이 아름다운 것은/ 그것이 그 안에 깊은 계곡을 품고 있
기 때문이야"라고 한 것은 사물의 겉모습 이면에는 그것의 존
재를 가능케 하는 어떤 근원적인 힘이 감추어져 있다는 것과

나아가 사물이 지닌 아름다움도 바로 그 이면의 근원적인 힘과의 관련에서만 성립된다는 사실에 대한 은유로 읽혀진다. 따라서 시인은 그 근원적인 힘으로서의 존재가 드러나는 바로 그 순간에 주목한다. 그 순간이란 여기서 '들국화가 지금 막 피어나려 하는' 순간이며 이는 곧 존재가 개시되는 바로 그 순간이다.

그런데 존재의 개시 곧 존재의 밝히 드러남은 존재 자체의 내어줌, 곧 사랑이다. '존재가 있다'(There is Being)의 독일어 표현은 '그것이 준다'(Es gibt)이다. 이것으로 미루어 볼 때 존재의 드러남은 시혜, 곧 사랑의 작용임을 알 수 있다.[4] 존재의 드러남은 사랑으로 말미암는 것이기 때문에 그 존재자들은 비로소 아름답다. '달맞이꽃' '들국화' '쑥부쟁이' 모두 '제 색깔로 살아가지'만 중요한 건 시인이 "들국화, 지금 막 피어나려 해"라고 소리침으로써 알리고 싶은 것, 바로 사랑으로 인하여 아름답게 '피어나는 것', 즉 존재의 개시이다. 다음의 작품에서는 사랑이 강력한 힘과 넘치는 생명력으로 더욱 분명하게 제시되고 있다.

> 푸른 시간 속
> 실핏줄처럼 갈라진 강을 타고
> 수많은 돌고래가 새까맣게 몰려온다
>
> 새벽부터 힘차게 요동치며

---

4) 존 맥퀘리/ 강학순 옮김, 앞의 책, 180-1쪽 참조.

바다를 흥건히 적시는 붉은 빛덩이

달도 때를 아는지
밀려오는 썰물로 질퍽한 자리를 덮어주자

바다는 지금 사랑 중이다
　　　－「바다는 지금 사랑 중이다」 전문

　시인은 '새까맣게 몰려온다', '힘차게 요동치며', '흥건히 적
시는', '밀려오는' 등이 암시하는 강력한 움직임과 힘, 그리고
'실핏줄', '붉은 빛덩이', '질퍽한 자리' 등에 함축된 생명력을
"바다는 지금 사랑 중이다"라고 함으로써 '사랑'이란 말 한마
디로 요약하고 있다. '존재의 내어줌' 또는 '존재의 개시'가 사
랑으로 명명되고 있는 것이다.
　이러한 존재 곧 사랑의 강력한 힘은 '붉음', '불', '빛', '핏덩
이', '심장' 등으로 표상된다. 그리고 이러한 이미지들은 다시
존재의 빛과 사랑의 불, 그리고 열정 등으로 치환될 수 있을
것이다.

뒷걸음치는 흑암 뒤로
해룡의 깊은 입 속에서
붉은 용암이 쏟아져 내린다

아침마다
떠오르는 저 붉은 핏덩이 속에서
인류문명 육천 년이

쉬지 않고 꽃을 피웠다

이집트에서 파라오가 바라보았던 저 빛
시공을 초월하여 지금 내가 바라 본다

붉은빛 뒤로 보이는 신기루 속
꽃잠 자던 피라미드 공주와 왕자들 줄지어 깨어
형태만 남은 머리 위로 태양을 올리고 있다
　　　　　　　　　　　　　－「피라미드의 합창」 전문

주체할 수 없는 뜨거움
천둥으로 외치던 너

갈바람에
잔뜩 메마른 가슴 보고
번갯불 한 조각으로
오색 붉은 불을 지핀다

　　　(중 략)

한 평도 안 되는
차가운 내 작은 가슴에
불을 지른다
　　　　　　　　　　－「붉다」 중에서

　육천 년을 지켜온 '저 빛', 그 '붉은빛'은 존재의 빛이다. 태양
을 가리키는 '붉은 용암', '붉은 핏덩이', 그리고 단풍과 관련된
'주체할 수 없는 뜨거움', '오색 붉은 불', '불을 지른다' 등은 불

같은 존재의 사랑, 곧 앞서 언급한 바와 같이 김수영 시인의 표현을 빌면 '사랑의 불'에 대한 표상들이다.

한편 노영숙 시인은 이러한 근원적인 존재의 힘을 '심장'으로 표현한다. 마음, 가슴의 뜻을 동시에 지니고 있는 '심장'은 일반적으로도 그 자체로 생명과 사랑을 동시에 상징한다. 여기서 생명과 사랑은 동의어가 되고 그것은 곧 존재 자체가 된다. 시인은 「유월 모란」에서 "심장 째 불태우는/ 나의 모란"이라고 함으로써 모란을 통하여 열정과 사랑의 불로 사물 속에 감추어진 근원적인 생명의 힘을 드러내고 있다. 「동백섬. 2」에 그려지고 있는 생명과 사랑의 존재의 힘도 크고 강력하다.

> 섬 뒤에 숨었던 봄, 여름, 가을 이야기
> 뿔고둥 나팔 소리에
> 어우러져 커다란 함성되어 울린다
>
> 첫사랑 품은 붉은 심장이
> 겨울바람 뚫고 초록 치마 나풀거리며
> 제 장단에 일렁인다.
>
> 　　　　　　　　－「동백섬. 2」 중에서

온 섬 전체를 뒤덮는 동백꽃의 숲은 존재의 폭발로 분출하는 아름답고도 강력한 힘을 느끼게 한다. '겨울바람을 뚫고' '커다란 함성'을 지르는 듯이 피어나는 동백꽃 무리는 거침이 없고 힘차다. 아름다움을 피워내는 이 강력한 열정으로서의 사랑, 곧 '심장'은 존재에의 그리움이자 갈망이다. 또한 여기에서 그 사랑은 가장 근원적인 것 곧 존재 자체 또는 존재 자체의 움직임이기 때문에 순결하다. 그러므로 이 모든 의미들은 탁월한 한 구절 "첫사랑 품은 붉은 심장"에 온전히 응축되어 있다. 존재자는 존재의 사랑으로 사랑으로서 존재한다.

3

　　노영숙 시인은 사랑으로 가득 찬 자연의 아름다움을 노래하며 그 자연과의 동화를 통하여 조화와 평화를 추구하며 영원을 꿈꾼다.

　　노영숙 시인에게 있어서 자연 세계는 사랑으로 인하여 비로소 존재로 드러나기 때문에 모든 존재자들은 사랑을 공유하며 사랑의 교제를 나눈다. 그들은 모두 친구이며 우정 속에서 아름다운 조화와 평화의 세계를 건립한다.

> 하얗게 핀 우정은
> 마음으로 읽어야 보인다는 것을
> 까만 밤 달빛이 속삭인다
>
> 바람이 흔들어
> 새하얀 꽃 하늘에 떠
> 그렇게 보고 싶은 반가운 친구 불러본다
>
> 온 가지 덮은

향이 하늘에 누워
달 향에
친구 잠이 드나 보다
　　　－「이팝나무」전문

　달빛이 흐르는 고요한 밤 흐드러지게 피어난 이팝나무의 하얀 꽃이 시인에게 자신을 알리고 말을 건넨다. 여기서 이팝나무꽃의 흰 빛깔은 존재를 지시한다. 태초에 맨 먼저 존재한 것은 빛이었다. 그래서 우리는 '존재의 빛'이라고 항용 말한다. 빛은 '밝힘', '드러냄' 곧 존재의 개시 그자체이다. 시인은 지금 눈부시게 하얀 이팝나무꽃에서 막 개시하는 중에 있는 존재를 목격하고 있는 것이다. 물론 그것은 시인의 말대로 마음의 눈으로만 볼 수 있다. 바람이 흔들어 공중에 흩어져 날리는 이팝나무꽃잎들은 자연의 모든 존재자들을 친구로 부르며 손짓하는 듯하다. 온 세계는 이팝나무꽃의 향기와 달의 향기에 취해 고요히 잠든다. 그렇게 이팝나무꽃이 피어있는 고요한 달밤은 모든 존재자들 간의 사랑의 교제가 충만한 조화롭고 평화로운 세계를 이룬다. 그러나 무엇보다도 '반가운 친구'는 시인 자신에게 하나의 존재로서 개시하는 이팝나무 하얀 꽃일 것이다.

　「친구여」라는 작품은 인간과 자연 사이에 흐르는 근원적인 사랑과 우의를 발견하고 자연과의 조화로움 속에서 실현되는 이상적인 삶을 제시하고 있다.

백 년 동안 떠돈 바다
백 년 동안 헤맨 하늘

내가 힘들 때마다 넓은 바다 박차고 숨비소리 내면
너도 긴 하늘 박차고 한숨소리 흘렸지

내가 어두운 밤 등댓불 하나 의지하고 바다를 건널 때
너도 밤 별 하나 의지하고 날았지
　　　　　　　　　　　　　　　－「친구여」 전문

　　여기에서 '너'와 '나' 우리 모두는 창조된 세계의 일부로서 '바
다'와 '하늘'로 표상되는 세계 속에서 그 세계와 서로 의지하는
혼연일체의 관계를 통해 비로소 온전하게 존재할 수 있다는 인
식이 드러나 있다.
　　그러므로 시인에게 자연은 마치 피붙이처럼 살갑고 다정하
다. 그의 민감하고 섬세한 감수성은 사물의 깊이를 파고들어
그 속에 숨겨진 비밀의 언어들을 탁월한 솜씨로 발굴해낸다.
이것이 노영숙 시인으로서의 가장 큰 장점 중의 하나일 것인
데 다음의 두 구절은 그 일례일 뿐이다.

온몸 웅크린
마른 나무 가지들
들녘이 떠들썩하다
　　　　　　　－「입춘. 1」 중에서

동면에서 깨어난
칠삭둥이 냉이
얼었던 땅에 얼굴 비비며
향긋한 향기 뿜어내고 있다
 ─「입춘. 2」 중에서

이와 같이 자연의 아름다움에 사로잡힌 시인은 "돌다리 지
나/ 붉은 석류꽃 핀 울타리 놓고/ 아낙들 웃음소리에/ 앞 개
울 노란 개나리 손짓하는", "하얀 감자꽃에/ 옥수수 익어가고/
보랏빛 도라지 벙그는 소리에/ 사람 사는 이야기 익어가는",
"개구리 소리/ 천장에 부딪치고/ 소쩍새 소리/ 적막을 부추기
는" 그곳에 가고 싶고, 살고 싶다고 고백한다.(「그곳에 살고 싶
다」)

그에게 가장 행복해 보이는 사람은 '고향을 닮은', "자연과
삶의 조화로움을 나누는 사람"(「고향 닮은 사람 하나」)이다.

어릴 적 노을 진 언덕에서
흰 구름 떠도는 넓은 하늘에 눈을 걸고
푸른 보리밭 일렁이는 물결에 가슴을 띄운 채
사방에 퍼지는
버들피리 고향을 노래하는 사람
 ─「고향 닮은 사람 하나」 중에서

그런 사람이야말로 '푸른 보리밭 일렁이는 물결' 속에서 존재
의 사랑의 힘이 펼쳐지는 지상의 아름다움을 마음껏 누리는 사

람이리라.

　나아가 노영숙 시인에게 있어서 인간은 자연 속에서 한 송이 꽃으로, 또는 한 줄기 바람으로 돌아간다. 꽃과 바람은 이때 탁월한 메타포가 된다. 영혼은 꽃과 바람으로 변화되어 꽃처럼 바람처럼, 그리고 꽃과 바람 속에서 존재한다. 인간은 사랑의 열정으로 타오르며 존재를 충만하게 향유하지만 결국 유한한 시간 속에서 소멸하는 아픔을 안고 있는 존재이다. 그러나 동시에 그럼에도 불구하고 끊임없이 지속하는 역사 속에서 눈에 보이지 않는 어떤 힘으로 남아 지속한다. 그것은 실제의 어떤 영혼의 변형태일 수도 혹은 어떤 문화적 역사적 유산일 수도 있을 것이다. 그러나 어느 경우에도 그것은 자연의 일부분으로서 존재한다. 꽃과 바람으로….

　「가을날」에서 시인은 소멸하는 존재의 아픔, 곧 사랑의 아픔을 노래하고 있다.

　　　　강물은 산을 안고
　　　　산은 강물 안고 살아간다

　　　　높은 산 깊은 골짜기 지나
　　　　잠시 머물던 너의 넓은 가슴
　　　　무념의 허수아비 하나 여기 서 있다

　　　　한낮의 뜨거운 열정을 불태우고
　　　　차가운 밤하늘 은하수에 젖어버린
　　　　사랑이라는 아픔에 절규한다

가을 들녘에
외따로이 놓인 하얀 공깃돌
넓은 들판을 가득 메운다
―「가을날」 전문

그러나 이러한 소멸하는 '사랑의 아픔'의 허무와 무상은 소
멸해버린 듯했던 그 사랑이 불멸하는 자연 속에서 보존됨으
로써 영원으로의 회귀로 승화된다.

「바람으로 남긴 당신」에서 영혼은 바람으로 혹은 꽃으로 영
원히 남는다는 것을 보여준다.

때를 얻든 못 얻든
자신의 모든 것을 불사르고
긴 호흡, 바람으로 남긴 당신
나에게는 꽃이다
―「바람으로 남긴 당신」 중에서

이와 같이 사랑으로 타오르다 꺼져버린 인간의 영혼은 '긴
호흡, 바람'으로 소멸하지 않고 지속한다. 그것은 사랑하는 사
람에게 '끈질긴 보고픔'을 남기는 '오래 머문 빛과 바람'이다
(「웅크린 요일」).

이와 같이 영혼은 자연 속에 혼연일체로 존재하고 있다.

　노영숙 시인은 존재의 심연 속으로 아리아드네의 실을 드리우며 탐색하여 들어가 그곳에서 존재의 비밀로서의 사랑을 발견하고 그 사랑을 실현하는 실존에 이르려 한다.

　그는 사물의 깊이로부터 울려 나오는 속삭임에 귀 기울이며 다가간다.

> 웅크린
> 잔디밭에
> 따스한 햇살이 속삭인다
>
> 활짝 웃는
> 여린 풀잎 따라
> 내 마음 연둣빛 향연이다
> 　　　　　　　－「양지. 1」전문

> 희미한 추억이 또렷해지는
> 초록 물감
> 햇살 가득 퍼진다
>
> 한 잎 한 잎 연초록
> 반짝이는 싱그러움
> 언어의 소리 입술을 연다
> 　　　　　　　－「초록 입김」전문

● 작품 해설 _____

사물의 '속삭임'에 귀 기울임을 통하여 그 속으로 휘감겨 들어감으로써 사물과의 동화가 이루어지고 그 원초적 경험의 지평으로부터 존재의 의미가 발생한다. '활짝 웃는 여린 풀잎'과 '연초록 반짝이는 싱그러움'은 '내 마음에 연두빛 향연'이라는 존재의 의미 곧 명료한 '언어'로 결정화된다.

「속삭임」이란 작품은 모든 사물과의 교감의 가능성과 필연성을 드러냄과 동시에 주체에게 있어서 존재의 의미가 발생하는 작용 원리를 탁월하게 제시하고 있다.

> 붉은 태양이
> 뜨거운 가슴으로 속삭일 때
>
> 파란 하늘은
> 환한 웃음으로
>
> 초록 나무는
> 넓은 손바닥으로
>
> 오색빛 꽃은
> 향긋한 꽃내음으로 삶을 속삭인다
>
> 너와 나의 이 만치 거리
> ―「속삭임」 전문

'너와 나의 이 만치 거리'는 교감을 방해하는 거리가 아닌 교감을 가능하게 하여 존재 의미가 발생하도록 하는 역설적

거리이다. 자연적 대상인 '너'는 즉자로서 존재하는 반면 주체인 '나'는 탈자 – 대자적 존재로서의 현존재이다. 즉자와의 완전한 합일에 있어서는 존재는 개시될 수 없기 때문에 의미 역시 존재할 수 없다. 오로지 자신까지도 초월하는 탈자 – 대자적으로 실존하는 현존재에게 있어서만 존재는 개시된다. 그러므로 이 거리에 의해서만 존재는 드러날 수 있다.

그러나 시인이 발견한 '내 마음에 연둣빛 향연' 또는 '붉은 태양의 뜨거운 가슴으로, 향긋한 꽃내음으로 속삭이는 삶'이란 존재 의미를 가능케 하는, 마치 '우물'과도 같은 보다 근원적인 존재의 원천은 여전히 그가 발견해 내야 하는 숙제인데, 마침내 그는 그것이 사랑임을 확증한다.

이러한 사물의 모든 '속삭임'과 밀어는 단적으로 그 자체로 '사랑'이자 동시에 '사랑'에 뿌리를 두고 있는 것이다. 그래서 시인은 사랑은 다음과 같은 것이라고 선언한다.

> 빈집에
> 살며시 스며든 달빛
> > – 「사랑은. 1」전문

> 눈 감으면
> 두 눈 가득 떠다니는 물고기처럼
> 어룽대는 별
> > – 「사랑은. 2」 전문

> 속살 깊이 묻은

어느 꽃잎이

내뿜는 향기

　　　　－「사랑은. 3」 전문

　결국 시인에게 있어서 자연은 사랑의 감각적 현상이며, 사
랑은 그 속에 깊이 숨겨져 있는 우물로서 존재의 근원이 되는
힘이며 생명이다.

　이제 시인에게 있어서 실존의 방향은 명확해지게 되었다.
그것은 자신의 삶을 통하여 사랑을 실현하는 것이다. 다음의
「내 가슴에도. 1」, 「내 가슴에도. 2」 그리고 위의 「사랑은. 2」,
「사랑은. 3」은 모두 '별'과 '꽃'의 이미지를 중심으로 전개되고
있는데 「사랑은. 2」, 「사랑은. 3」에서 '별'과 '꽃'이 '사랑'으로
규정된바 「내 가슴에도. 1」, 「내 가슴에도. 2」는 그 사랑의 실
현에의 갈망을 노래하고 있음을 알 수 있다.

내가 했던 수많은 일 중 하나가

무수한 별 중 하나라면

지상의 조그만 방 하나

그리움처럼 밝히련만

　　　　－「내 가슴에도. 1」 전문

별무리 속의 작은 별 하나

바위틈 꽃망울처럼

수줍은 듯 나지막히 피었으면

　　　　－「내 가슴에도. 2」 전문

두 작품 모두 존재의 근원이 되는 '사랑'을 자신의 삶에서 구현하고픈 간절한 소망을 드러내고 있다. 그것을 꽃과 별을 통하여 형상화하고 있다. 이러한 실존을 통해 구현되는 존재야말로 참된 '영성'과 '생명'으로 충만할 것이다.

> 육천 년의 기나긴 푸른빛
> 한 줄기 영성의 빛
>
> 새봄을 위해 산도 나무도
> 지상의 봄날 위해
> 생명의 노래
> 갈피갈피 흐른다
>
> 천상의 동아줄에 욕망을 묶고
> 사뿐사뿐 내딛는
> 작은 내 발자국
>
> ─「작은 내 발자국」 전문

'한 줄기 영성의 빛', 지상에 갈피갈피 흐르는 '생명의 노래'는 참된 실존을 통하여 획득되는 차원이며, 그것은 존재 또는 신의 입김, 사랑, 그 힘이 펼쳐지는 시간이다. 이와 같이 시인에게 있어서 실존은 존재에로의 나아감이다. 그러기에 그에게 있어서 시를 쓰는 일은 곧 실존이기도 한 것이다. 시를 쓴다는 것은 "무한한 시간 속에/ 나를 찾아가는 사유"(「시어 찾기. 2」)이며 "흐르는 물결 위에/ 나에게/ 부서지는 빛 하나를 바라보는 것"(「시어 찾기. 3」), 즉 시간 속에 현상하는 존재의 편린을 포착하여 참된 자아를 실현하는 과업인 것이다.

이러한 시인의 실존은 한편으로는 그의 신앙에서 더욱 구체화된다. 그는 '영성의 빛'에 의해 조명되는 존재의 사랑을 통하여 그 존재와의 친밀한 교제 속에서 참된 실존을 성취하며 나아가 그 사랑을 이 세계에서 실현하고자 한다. 다음 작품은 신앙의 차원에서 구체적으로 실현되는 실존의 국면을 보여주고 있다.

> 마굿간으로 오신 당신
> 축축한 진자리
>
> 가장 낮고 눅눅한 자리
> 생명의 싹틔우사
> 그 의미를 담습니다
>
> 생명길 따라
> 세상으로 향한
> 사닥다리 놓아가게 하소서
> ─「사닥다리」 전문

시인은 사랑의 화신 예수를 통해 모든 생명을 틔워내는 존재의 근원으로서의 사랑을 재인식하고 그 사랑을 이 세상에서 실현함으로써 자신의 실존을 쟁취하고자 하고 있다. 그리스도가 역설적으로 가장 낮고 추한 곳에 생명을 틔워냈든 시인도 이 혼탁한 세상에 참된 생명을 틔워내길 원하는 것이다.

한편 자연 세계에 있어서도 존재의 원천인 사랑은 사물의 심연 속에 깊이 감추어져 있듯이 신앙의 영적 세계에서도 추구하는 존재는 깊이 가려져 있어서 온전히 파악되지는 않는다. 한 줄기 '영성의 빛'으로 조명될 뿐 그 전체로서 드러나지 않는 그 존재는 너무나 멀리 떨어져 존재하는 끊임없는 그리움과 갈망의 역설적 대상이다.

> 겨울이 간들
> 여름이 온들
> 달빛 없는 밤이 왔어도
> 나, 그대를 잊은 적 없어요
>
> 뿌연 유리창 빗방울
> 맺혀 있는 것처럼
> 그대 향한 커다란 눈물방울
> 닦지 않고 있어요
>   - 「잊은 적 없어요」 전문
>
> 그대와의 만남 너무나 멀어
> 마음 한 곳 그리움으로
> 남고 싶네요
>   - 「이대로 눈 감고 있네요」 중에서

그러나 그러한 시련과 역경의 신앙의 길을 통과하여 결국 사랑이 자연과 영성 속에서 통합을 이루는 가운데 인간과 자

연이 존재의 사랑 안에서 충만하게 존재하는 세계를 추구하는 것이야말로 참다운 실존에 이르는 길일 것이다.

한라의 따스한 햇볕이 나무 사이 지나고
윤슬 가득한 강물 가로지를 때마다
하나 되기 위하여 애환의 향수 가진 이에게
평화와 사랑의 화려한 태평무를 추게 하소서

백두의 동장군 매서운 바람 속에서도
생명들 아지랑이로 피어나게 하시고
나보다 더 아픈 이들
동백꽃 되어 한반도에 가득하게 하소서

　　　　　　　　　　　　－「동백꽃이 되고 싶다」 전문

이처럼 '윤슬 가득한 강물'이 '평화와 사랑'으로 일렁이고, 이 땅에 사는 사람들이 '동백꽃'처럼 생명력이 넘치게 차오르도록 기도하는 노영숙 시인에게 있어서 신앙은 시가 되고 실존이 되고 있다. 그리고 그 중심에는 자연과 인간의 가장 깊은 내면에서 생명을 틔워내는 존재로부터 온 사랑이 있다.

들국화가 지금 막 피어나려 해

노영숙 시집

RAINBOW | 084

들국화가 지금 막 피어나려 해

노영숙 시집